دار جامعة حمد بن خليفة للنشر
صندوق بريد 5825
الدوحة، دولة قطر

www.hbkupress.com

الطبعة العربية الثانية عام 2023

الترقيم الدولي: 9789927161605

تمت الطباعة في الدوحة-قطر.

مكتبة قطر الوطنية بيانات الفهرسة – أثناء – النشر (فان)

المعاضيد، فاطمة، مؤلف.

بنت المطر / تأليف فاطمة المعاضيد ؛ رسوم نفين أبو سليم. الطبعة العربية الأولى. - الدوحة، دولة قطر : دار جامعة حمد بن خليفة للنشر، 2022.

28 صفحة ؛ 20 سم
تدمك: 978-992-716-160-5

1. الحشرات -- قصص للأطفال. 2. المطر -- قصص للأطفال. 3. قصص الأطفال العربية. 4. الكتب المصورة. أ. أبو سليم، نفين، رسام. ب. العنوان.

بِنْتُ المَطَرِ

تأليف: فاطمة المعاضيد

رسوم: نفين أبوسليم

دار جامعة حمد بن خليفة للنشر

HAMAD BIN KHALIFA UNIVERSITY PRESS

فِي البَرِّ تَحْلُو أَوْقاتُنا.

نَذْهَبُ كُلَّ جُمْعَةٍ.
يَنْزِلُ المَطَرُ،
وَيَجْري الغَدِيرُ.

أُحِبُّ اللَّوْنَ

الأَحْمَرَ.

دَرَّاعَتِي

شالِي

قُبَّعَتِي

وَبِنْتُ المَطَرِ.

يُخْبِرُني أَبِي عَنْها.

تَخْرُجُ بَعْدَ المَطَرِ
بِمِعْطَفِها الأَحْمَرِ.

نَبْنِي لَها مَنْزِلًا، أَنا وأَخِي.

تَهْرُبُ وَنَضْحَكُ مِنْها.

يَنْقَشِعُ الغَيْمُ،

وَيَجِفُّ الغَدِيرُ.

وَتَخْتَفِي بِنْتُ المَطَرِ.

تُزْهِرُ الأَرْضُ
بَعْدَ أَمْطارِ الرَّبِيعِ.

وَلَكِنْ...

أَيْنَ تَذْهَبُ بِنْتُ المَطَرِ؟